Hermano mayor

de Mahir Guven

GUÍA DE LECTURA

Escrita por Sarah Ponzo
Traducida por Juan Lopez

Hermano mayor

de Mahir Guven

Entiende fácilmente la literatura con

ResumenExpress.com

MAHIR GUVEN

ESCRITOR FRANCO-TURCO

- **Nace apátrida en 1986, en Nantes.**
- ***Hermano mayor* es su primera novela**

Escritor franco-turco nacido en 1986, en Nantes. Mahir Guven escribió su primera novela en 2017. Su historia personal se hace eco de su escritura; nacido apátrida de madre turca y padre kurdo, nunca dejará de buscar su lugar en la sociedad, al igual que el protagonista de su novela. Aclamada por la crítica, *Hermano mayor* ganó varios premios en 2018, como el Prix Première, el Prix Régine Deforges y el Prix Goncourt du Premier roman. El estilo potente e incisivo de la novela, así como los temas que trata, la han situado en el prestigioso mundo de la literatura francesa.

Paralelamente a este trabajo de escritor, participa en el periódico *Le 1* -semanario lanzado en 2014 por Éric Fottorino y Laurent Greilsamer; trata la actualidad a través de la mirada de escritores, investigadores, antropólogos, etc.- que decidió abandonar en abril de 2018 para dedicarse a sus proyectos. Actualmente es colaborador de la revista *America*, lanzada en 2017 por Éric Fottorino y François Busnel, un trimestral francés dedicado a Estados Unidos (durante el mandato de Donald Trump).

HERMANO MAYOR

LA BÚSQUEDA DE LA IDENTIDAD EN EL SIGLO XXI

- **Género**: Novela
- **Edición de referencia**: *Hermano mayor*, París, Éditions Philippe Rey, 2017, 270 p.
- **1ª edición**: 2017
- **Temas**: Integración social, suburbios, terrorismo, radicalización, humanitarismo, uberización, religión

Publicada en 2017, esta primera novela ha sido ampliamente aclamada por la crítica, tanto por su calidad literaria como por la precisión de los temas abordados. Muy arraigada en la realidad, se hace eco en gran medida de las crisis que vive Francia en la actualidad con el auge del terrorismo, la uberización de la sociedad y la búsqueda perpetua de la integración social.

La historia transcurre en un suburbio de París, donde el ambiente está envenenado, tiempo después de los atentados contra Charlie Hebdo (7 de enero de 2015) y el 13 de noviembre de 2015. La novela está construida en capítulos alternos: los dedicados al hermano mayor y los que se centran en el hermano menor.

Utilizando el estilo directo y el fraseo tan característicos de la juventud de los suburbios, Mahir Guven consigue dar un ritmo particular a toda la obra.

RESUMEN

UN REGRESO INESPERADO

Hermano mayor, cuyo verdadero nombre es Azad, conductor de Uber VTC en París, espera a posibles clientes como cada día. Entre pasajero y pasajero, la espera se hace sentir y es una oportunidad para él, e indirectamente para nosotros, de remontarnos a su pasado y descubrir su historia. Su hermano pequeño, llamado Hakim, lleva tres años en Siria cuando comienza la historia, oficialmente para participar en un proyecto humanitario. Pronto comprendemos que el Hermano mayor sospecha que ha abandonado Francia para hacer la yihad en Siria. Un persistente resentimiento nubla sus pensamientos: está terriblemente enfadado con su hermano por haberse marchado. Una noche, mientras fuma un cigarrillo tras dejar a su cliente en la estación de autobuses de Bagnolet, un autobús procedente de Colonia se detiene no lejos de él. Un grupo de jóvenes se bajó y se dirigió hacia su coche. Un joven sale y se sube a un Citroën negro; la escena sólo dura unos segundos, pero Azad está convencido de que ¡ese hombre es su hermano! Decide seguir al vehículo para estar seguro.

UNA INMERSIÓN EN EL PASADO

Tras una infructuosa persecución, Azad rememora su infancia y adolescencia con este hermano largamente querido y ahora odiado. Crecieron en un suburbio parisino, educados por un padre opuesto a toda forma de religión y una madre cariñosa pero debilitada por la enfermedad. Un 8 de septiembre, cuando aún eran niños, su madre murió trágicamente tras una violenta discusión entre su padre y su abuela paterna, poniendo así fin a su infancia. Esta dramática muerte condicionará la vida de los dos hombres. Por un lado, Azad se encerrará en sí mismo y evacuará su dolor adoptando la vida de un joven gángster, mientras que por el otro, Hakim decide estudiar enfermería para salvar vidas. Azad, ahora traficante de drogas, es detenido por la policía, pero llega a un acuerdo con uno de ellos. Para escapar de la cárcel, acepta convertirse en sus ojos y oídos. En cuanto a Hakim, enfermero en el Hospital Europeo Georges-Pompidou de París, conoce en una conferencia a un cirujano que participa en una ONG y decide ir a realizar labores humanitarias en países asolados por la guerra, especialmente en Siria. Una noche, alguien llama al timbre de su puerta. Ya no hay duda de que es su hermano quien está frente a él.

EL DILEMA

Tras el shock del reencuentro con su hermano, Azad empieza a cuestionarse seriamente los motivos de su regreso. ¿Por qué no quiere ver a su padre después de tres años de ausencia? ¿Realmente fue a Siria a realizar labores humanitarias? ¿Por qué este repentino regreso a Francia? Todas estas cuestiones se vuelven aún más candentes cuando discute con un abogado, el hermano de uno de sus amigos de los suburbios y, sobre todo, con el policía con el que colabora para avanzar en las investigaciones. Si el regreso de su hermano a Francia pasó desapercibido, era más que previsible. El abogado y el policía advierten a Azad de los riesgos que corre al proteger a su hermano, fugitivo a los ojos de la ley francesa. El joven duda y se pregunta si ¿debe seguir protegiendo a su hermano o debe denunciarlo a la gendarmería? ¿Puede uno negar a su hermano, a su propia sangre, para protegerse a sí mismo?

EL ESCAPE NECESARIO

Tras reflexionar un poco, Azad decide creerle a su hermano, aunque sigue teniendo dudas. Así que piensa en cómo puede salvarlo, y no ve otra solución que huir. Idea un plan en el que se irán a Portugal, donde uno de sus amigos posee una apartada casa de campo, y empezarán de nuevo. Planifica el día y la hora exactos de la salida. Unos días antes, cuando había dejado de lado su trabajo como conductor de VTC para centrarse en el reencuentro con su hermano, decidió retomar su rutina para no despertar las sospechas de la policía. De hecho, aunque ha adquirido la condición de delator, sigue estando bajo vigilancia. Además, quiere reunir el máximo dinero posible para su partida. Azad se pone en contacto con conocidos para obtener un pasaporte y un documento de identidad falsos para su hermano. Piensa acompañarle a Portugal y luego volver a Francia durante un tiempo antes de unirse a él definitivamente. Pero las dudas persisten, ya que se está gestando un trágico suceso en Francia, al que su hermano podría no ser totalmente ajeno.

LA CRUDA REALIDAD

El día de su partida a Portugal, su hermano sale de casa al amanecer y le roba el coche. Azad intuye que algo pasa y teme que sus sospechas sean ciertas: su hermano no es quien creía. Intenta seguir trabajando, con la secreta esperanza de que su hermano esté allí esa noche, pero tiene el terrible presentimiento de que Hakim es un terrorista. A pesar de sus llamadas, el joven no contesta. Mientras está sentado en un banco del corazón de París, sin ánimos para trabajar, Azad recibe una alerta en su teléfono. Se ha producido un atentado en el que ha explotado un coche. Inmediatamente tiene la intuición de que es su coche, robado esta mañana por su hermano.

ESTUDIO DE CARACTERES

LA FAMILIA DEL HERMANO MAYOR

Hermano mayor

El hermano mayor, cuyo nombre real es Azad, es uno de los principales protagonistas de esta novela. Es un joven que pronto cumplirá treinta años cuando comienza la historia. Trabaja como conductor de VTC Uber en Seine-Saint-Denis y vive solo. Su destreza al volante le ha valido el apodo de Piloto. Antiguo ladrón de poca monta, escapa por poco de la cárcel y se convierte en informante de la policía, y más concretamente de un policía apodado Le Gwen. Durante mucho tiempo, el joven vivió en el círculo familiar, pero tras la muerte de su madre, las relaciones con los demás miembros de la familia se desintegraron. Su ritual de los viernes, del que no puede desviarse, con-siste en almorzar con su padre, con quien los lazos se han ido distanciando desde la marcha de su hermano menor a Siria. Su vida profesional y personal apenas es estable. Sin novia oficial -aunque se ve regularmente con una joven- y sin ingresos fijos, Azad intenta, como puede, compaginar su vida en los suburbios con sus compañe-ros de infortunio con una vida en la sociedad "clásica".

Hermano pequeño

Es el segundo protagonista principal. Al final de la novela nos enteramos de que se llama Hakim, pero todos le llaman Curita por su trabajo como enfermero. Es hermano de Azad y vive en una familia cariñosa. Prometido un futuro brillante en el entorno hospitalario, estudia enfermería y trabaja en el Hospital Georges-Pompidou. Sin embargo, un mal encuentro iba a desviarle de este camino trillado. Su abuela paterna le enseñó los rudimentos del islam y pronto descubrió una verdadera pasión por la religión, a pesar de que su padre siempre se había negado a enseñarles la más mínima oración. Este gran entusiasmo por la religión le acercó a los imanes de su suburbio, que reforzaron su idea de defender la causa siria. Cada vez tenía más claro que quería trabajar para una ONG e incluso tuvo una entrevista con Médicos Sin Fronteras. Es durante una conferencia de enfermería en Estrasburgo cuando conoce al Sr. Bedrettin, que le llevará a Siria. Cuando comienza la historia, lleva tres años desaparecido, oficialmente por motivos humanitarios, pero a lo largo de la novela persisten las dudas sobre sus verdaderas intenciones.

El padre

Padre de Azad y Hakim, no sabemos su nombre de pila. Nacido en Siria en el seno de una familia numerosa de cinco hermanas y un hermano, huyó de su país por motivos políticos. Cuando se encontraba pegando carteles contra el régimen actual, fue capturado por los hombres del padre de Bashar el-Assad, Hazef el-Assad -presidente sirio desde 1971 hasta su muerte en 2000. Como castigo, le cortaron el dedo. Un castigo relativamente indulgente, ya que su hermano mayor desapareció y su primo fue torturado de forma mucho más violenta. Llegó a Francia en la década de 1980 para continuar sus estudios. Enseñó francés en el Institut des Langues Orientales, donde conoció a su futura esposa. Obtuvo un doctorado a pesar de su francés chapurreado y, durante el cierre anual de verano de la universidad, trabajó como taxista nocturno. Mantiene una relación bastante conflictiva con su madre, a la que se lleva en junio de 1998 a raíz de los conflictos en Siria. En septiembre estalló entre ellos una violenta discusión por cuestiones religiosas, y fue el mismo día en que murió su esposa. Desde entonces, trabaja como taxista a tiempo completo, tiene su propia matrícula y se acerca a la edad de jubilación. No ve con buenos ojos que su hijo prefiera ser conductor de Uber a heredar su placa de taxista. Cree firmemente que su joven hijo Hakim volverá de su viaje humanitario.

La madre

Tampoco sabemos su nombre de pila. Sólo sabemos que era francesa, bretona para ser exactos, y que fue a París a estudiar. Estudió en el Instituto de Lenguas Orientales, donde conoció a su futuro marido, que entonces era su profesor. Su madre vive en Saint-Malo, adonde Hakim y Azad solían ir regularmente de niños para pasar las vacaciones en la región donde tienen sus raíces. Sufre migrañas repetidas que sugieren una enfermedad más feroz que la corroe por dentro. Muy debilitada, murió el 8 de septiembre tras haber calmado a su marido durante una violenta discusión con su madre. Lleva muerta más de 18 años cuando comienza la novela y, sin embargo, está omnipresente en la historia. El lector percibe rápidamente que esta trágica muerte ha condicionado la psicología de los demás personajes.

La abuela paterna

Zahié, la abuela paterna de Azad y Hakim, llega a Francia en la década de 1990 tras los conflictos que asolan su país, Siria. Durante su estancia con su hijo, enseña el árabe a su nuera y los rudimentos del islam a sus nietos, a pesar de la prohibición formal de su hijo de enseñarles la religión que "rechaza". Una mañana de septiembre, su hijo la ataca violentamente tras asistir a las oraciones que ella hace realizar a Azad y Hakim. Ese mismo día, su nuera muere trágicamente. Su hijo ya no podía ocuparse de ella a tiempo completo, así que decidió ingresarla en una residencia de ancianos en el oeste de París. A pesar de sus diferencias, su hijo le paga una pensión bastante lujosa para que pueda terminar su vida con dignidad, siendo la familia un valor sagrado a sus ojos.

EL CÍRCULO CERCANO DE HERMANO MAYOR

Le Gwen

Gwen es un policía con el que Azad mantiene una relación todos los primeros miércoles de mes. Para evitar la cárcel, el joven ha accedido a facilitar información sobre bandas juveniles de los suburbios, en varios casos de drogas y robos, pero también en el contexto de una posible radicalización. A cambio de esta información, Le Gwen ayuda a Azad cuando se enfrenta a situaciones delicadas. Azad le debe mucho porque es el policía quien le ayudará a encontrar trabajo a través de uno de sus amigos. También le ayudará a encontrar una vivienda social presionando a la administración. Le ayudará de nuevo a no perder su trabajo, aunque no tenga puntos en el carné. Azad lo considera su segundo padre, pues, lo sabe todo sobre su familia y sus antecedentes. Por eso, cuando le habla de la posibilidad de que su hermano regrese, le advierte de que podría ser considerado cómplice si no lo denuncia.

Mehmet

Mehmet es el mejor amigo de Azad, es turco y regenta el restaurante *Le 120*, donde todos los taxistas se reúnen a diario para comer y charlar. Azad le llama "Demytho" porque siempre dice medias mentiras. La información que da es siempre en parte verdadera y en parte falsa. Además, es Mehmet quien le advierte a Azad de que se está preparando un posible atentado terrorista en los suburbios.

PERSONAJES CERCANOS A HERMANO PEQUEÑO

Bedrettin

Es miembro de la ONG *Islam & Peace, que imparte* una conferencia sobre cuidados en situaciones de guerra en un simposio en el Hospital de Estrasburgo. Pasó su infancia en Turquía antes de llegar a Francia a los diecisiete años para continuar sus estudios. Aprobó el bachillerato a los veintiún años y luego estudió medicina. Cuando estalló la guerra en Siria, decidió dejar su trabajo en Estrasburgo para unirse a la ONG *Islam & Peace*, que ayuda a la población siria. Se convirtió en mentor de Hakim cuando éste se incorporó a la organización. Bedrettin también le enseñó a ser cirujano de guerra y le dio cada vez más responsabilidades. Poco después de su llegada a Siria, Bedrettin se traslada a otro pueblo y deja a Hakim a cargo del hospital.

Barba rubia

Se trata de un apodo que le dio Hakim, no conocemos su verdadero nombre. Evidentemente, es una variante de Barbarroja, nombre atribuido al corsario otomano Khizir Khayr ad-Dîn. Barba Rubia es el emir que gobierna el distrito sirio de Al-Bab, donde Hakim se reunirá con la ONG *Islam & Peace*. Entabla una relación especial con Hakim cuando éste salva a su cuñada durante el parto. Le encuentra una esposa, Leila, y una casa. Cuando Bedrettin se marcha a Mayadin, un pueblo del oeste de Siria, Barba Rubia se convierte en el contacto oficial de la ONG *Islam y Paz*. Alista a Hakim en misiones que van mucho más allá del trabajo que debía realizar en Siria, y el joven participa como enfermero en comandos asesinos. También es Barba Rubia quien envía a Hakim a Francia con un pasaporte sirio falso para que pueda realizar atentados en territorio francés.

CLAVES DE LECTURA

EL PODER DEL LENGUAJE

La cuestión de la lengua es clave en la historia de la literatura. En la década de 2000 surgió la llamada "literatura suburbana", de la que sin duda forma parte la novela *Hermano mayor*.

Con el rápido crecimiento de las ciudades en los siglos XIX y XX, surgieron los suburbios y los barrios periféricos. A partir de los años 50, con la llegada de los inmigrantes a territorio francés, se desarrolló un vocabulario propio de las nuevas generaciones en la periferia de la ciudad, que repercutió en la evolución de la lengua francesa, así como en la literatura. De hecho, los escritores de la comunidad de inmigrantes magrebíes sitúan su producción literaria al margen de lo que se suele hacer, recurriendo a un lenguaje oralizado.

Gracias al uso de este lenguaje oralizado, que se manifiesta en elementos específicos del lenguaje o en los signos de puntuación, el lector tiene la sensación de estar cara a cara con los personajes que pueblan la novela. "Hace tiempo que unos tipos raros aparecieron cerca de nuestra casa. Estaban muy metidos en la mezquita." (p. 149).

El autor se preocupa por plasmar el lenguaje coloquial, propio de los jóvenes de los suburbios (el verlan), y los dialectos. Mezcla de francés y árabe, que nos sumergen directamente en el corazón de esta familia franco-siria y le dan un ritmo único:

La lengua es doblemente importante en esta novela, ya que también aparece como vehículo de identificación e integración en la sociedad. Vemos lo importante que es el francés para el padre, aunque lo hable a duras penas, porque gracias a su aprendizaje pudo integrarse en Francia. Por otra parte, en lo que se refiere al Hermano mayor, el uso de la jerga o argot denota ese deseo feroz de emanciparse a través del lenguaje. "A veces me han tomado el pelo, pero ya me conoces, he vivido en el 3-5-7." (p. 226).

Mahir Guven utiliza este lenguaje para resaltar la realidad del entorno en el que se desenvuelven los personajes. En efecto, los personajes de los suburbios, en perpetua búsqueda de identidad y reconocimiento a los ojos de la sociedad, no habrían podido utilizar un lenguaje "clásico" que no hubiera sido representativo de lo que viven. Por ello, el autor ofrece un glosario al final del libro para que podamos apropiarnos de esta lengua que, en muchos aspectos, nos resulta relativamente desconocida, sobre todo en lo que se refiere al árabe. "Queridos lectores, para facilitaros la lectura e introduciros en el vocabulario enérgico y vivo de una parte de la juventud, aquí tenéis un glosario." (p. 265).

EN BUSCA DE SU IDENTIDAD

Uno de los temas centrales de esta novela es la perpetua búsqueda de la identidad en el seno de una sociedad francesa que no es del todo la de los protagonistas, o al menos no parece incluirlos como ellos desearían.

> *"Sin columna vertebral: ni realmente francés, ni realmente sirio, ni realmente nativo, ni realmente inmigrante, ni cristiano, ni musulmán. Son meteciles sin saber por qué lo son. Mi El padre no contó su mitad de la historia, así que faltan algunos episodios y nos imaginamos el resto (...) ¿Cómo podemos encontrar el camino de vuelta cuando no sabemos de dónde venimos?" (p. 72).*

Esto refleja perfectamente lo que los apátridas pueden sentir en cualquier sociedad, no sólo en Francia. Es fácil comprender lo importante que es el origen para estos jóvenes de los suburbios. No pueden construirse a sí mismos adecuadamente si les falta una parte de su propia historia:

> *"Lo único que sé es que los chicos de los barrios hacen lo que todo el mundo en esta sociedad, reproducen la vida de sus padres. Aquí, aparte de los pocos raperos y deportistas, arbustos que esconden un bosque de robots, no hemos hecho lo que soñábamos hacer. Como nuestros padres, reilito... El mundo gira y su equilibrio es perpetuo." (p. 100).*

Sin embargo, también se muestran muy lúcidos sobre su situación, intentando por todos los medios encontrar su lugar, sobre todo a través del trabajo. "[...] ¡Está podrido, Rhey! ¿El traje? Apesta a mierda, pero tienes que lidiar con ella, porque sin ella, es peor. Ya ni siquiera te respetan." (p. 100). De hecho, aunque Azad no es el "típico" joven francés, hace todo lo posible por encajar. Tiene un piso, trabaja y paga sus impuestos. Intenta ser aceptado lo mejor posible en esta sociedad francesa, que sin embargo es muy quisquillosa con él. Este tema de la búsqueda de la identidad está muy presente en la literatura. todo el mundo conoce la famosa máxima de Shakespeare "Ser o no ser" (Shakespeare, Hamlet), que está en el centro del cuestionamiento interior de todo ser humano. La identidad se adquiere a través del contexto social en el que evolucionamos y de las relaciones que podemos tener con los demás.

Es interesante observar que esta búsqueda de identidad, cercana a la asimilación a un grupo, no preocupa al padre de Azad, que no quiere ser asimilado ni etiquetado. No es árabe ni francés, pero afirma ser ante todo un ser humano:

> "¡Humano yo, wesh! Como dices, wesh para todo, ¡pero sigue siendo una tontería! Humano, más importante que nada. Incluso Dios, dice no árabe o no árabe (...)". (p. 24); "¿Por qué no vas a una asociación "normal"? ¿Obligado a ser musulmán? ¿Algo? Lo importante es lo humano." (p. 123).

UNA NOVELA ACTUAL

Esta novela está perfectamente anclada en la actualidad francesa e internacional por los temas que trata.

Terrorismo

La época en la que se sitúa la historia es bastante significativa, y hay referencias regulares a situaciones sociopolíticas en Francia y en el extranjero que insinúan a los lectores el anclaje contemporáneo de la novela: "Pero desde *Charlie* y el 13, nos llaman sobre todo para casos de terrorismo." (p. 40). Con este comentario, entendemos perfectamente que se refiere a los atentados terroristas que sufrió Francia en 2015. Esto es aún más significativo para el protagonista, que vive en los suburbios, y el atajo se hace muy rápidamente en la cabeza de la gente. Sobre todo, porque ha cometido errores en el pasado y está en contacto con personas que pueden estar vinculadas al terrorismo. Por eso, uno de sus amigos le advierte que si no quiere asimilarse a esos terroristas, no debe dejarse involucrar: "Hermano, no hagas cosas raras. Usted sabe que esta mezquita es la plataforma de embarque para el Cham." (p. 86).

El terrorismo es un tema recurrente en la literatura de la L profunda. Aunque no es nuevo, cada vez se menciona más en las novelas post 2015. Tras los atentados de Francia, han aparecido varias novelas que tratan de los supervivientes o rinden homenaje a las víctimas. Pero *El Hermano mayor* es una de las pocas novelas que trata la partida de un hermano a la yihad de forma tan precisa. La literatura se convierte así en una especie de válvula de escape para que autores y lectores curen sus heridas, ya sean físicas o psicológicas.

Una sociedad uber

La desintegración de la situación social es bastante palpable en esta novela, que pone sobre el tapete cuestiones que han marcado a la sociedad, en particular su uberización. Lo llamativo es que Hermano mayor es el portavoz de esta nueva sociedad, un protagonista que acepta todo tipo de trabajos a riesgo de socavar una parte de las conquistas sociales que tanto costó ganar a las generaciones pasadas. "Desde que llegaron Uber y las plataformas, ellos [*los taxistas*] han perdido muchas tarifas y clientes. Lástima por ellos. Entiendo por qué están enfadados, pero en parte es culpa suya." (p. 30). "Uber lo ha entendido todo. Es fácil ser cliente, es fácil ser conductor." (p. 31).

Sin embargo, es plenamente consciente del daño que la uberización está haciendo a la sociedad, y lo que le molesta aún más es que los taxistas se dirijan a las personas equivocadas. "Pero en realidad, los jefes de Uber son inteligentes, porque los taxistas nos atacan a nosotros, los conductores de VTC, y no a los tipos que crearon el sistema y lo mantienen." (p. 32).

El padre de Azad, en cambio, se muestra mucho más reaccionario ante esta nueva tecnología que condiciona la nueva sociedad. "La vida no es complicada. Vale, trabajas con la aplicación Uber, teléfono, ek jetera. Pero, ¿quién es el propietario de Uber? Participas en la demolición de una profesión, taxi para otros. Si mañana, un día, ya no hay taxi, el monopolio Uber, no es bueno…" (p. 30). Incluso llega a participar en varias manifestaciones de taxistas.

La uberización de la sociedad también pone en peligro la economía. En esta novela, el anuncio del cierre de una plataforma VTC es bastante significativo de los perjuicios que se derivan de una estrategia de trabajo de este tipo. "Hablábamos de las nuevas start-ups como del futuro de la economía y, por efecto dominó, del futuro de la humanidad. Así que esta quiebra fue un acontecimiento. Las élites de nuestro país, con el ministro de economía a la cabeza, votaban masivamente a favor de estas nuevas empresas y subían a bordo a todos los perros de la chatarra como yo." (p. 172). La uberización de la sociedad también pone de manifiesto esta carrera frenética por las estadísticas y las puntuaciones, convirtiendo a los seres humanos en esclavos de su imagen. "Algunas personas ya conducían para ambas plataformas, pero eso requería una gimnasia constante al teléfono, porque podías estar asignado a dos clientes al mismo tiempo. Y cuando declinabas un recado, la factura bajaba." (p. 186).

LA CUESTIÓN RELIGIOSA

La cuestión de la religión desempeña un papel importante en esta novela a través del personaje del hermano pequeño. Lo que se cuestiona es la práctica exacerbada de la religión, no la religión como tal. De hecho, es cuando Hakim se encierra cada vez más en su fe cuando el peligro se hace evidente. "A medida que avanzaba la guerra, al pequeño le crecía la barba." (p. 123). Hasta que un día cesa toda comunicación con su familia y decide marcharse: "Y un día se fue de casa. Para irse a vivir con un amigo (...) Tres días después, le habían suspendido la línea telefónica. Tras unas semanas sin noticias, recibimos un correo electrónico. Había partido para una misión humanitaria en Mali durante un año. Se hizo muy rápido, se había marchado con prisas." (p. 124)

Azad tiene una visión muy lúcida de la religión. Para él, es importante ir a la mezquita con regularidad, sobre todo desde que su hermano se fue: "He estado yendo a la mezquita desde que mi hermano se fue. Allí encontré respuestas. Fue bueno para mí." (p. 71). No ve la religión como un mal, pues, cada cual debe ser libre de interesarse por ella o apartarse de ella, sin imponer su visión. Esto es lo que Azad reprocha a su padre. "Básicamente, si el padre hubiera tenido el trabajo, quizá el hermano no se habría marchado. El viejo dejaba de lado la religión, nunca hablaba de ella." (p. 71).

Sin embargo, aunque la religión sea importante para él, el joven sabe relativizar. "En la mezquita, los sermones estaban un poco fuera de lugar. Al igual que en las noticias de la televisión, el imán nunca contó el mundo tal y como es. Quería ser estrella de cartel antes que guía." (p. 72). Es muy consciente de que, en muchos aspectos, la predicación de los radicales refleja un dogmatismo exagerado y perjudicial.

El padre siempre se ha resistido a la religión, probablemente porque vivió en Siria durante su infancia y adolescencia. En su país, fue testigo de un repliegue religioso que desembocó en los peores conflictos. Es por este trauma que siempre se ha negado a inculcar cualquier práctica religiosa a sus hijos, y es esta aversión a la religión la que dará lugar indirectamente al drama familiar: la muerte de su esposa.

A través de los personajes del padre y el hermano pequeño, diametralmente opuestos, la radicalización religiosa queda perfectamente de manifiesto en esta novela, así como el auge del adoctrinamiento.

VÍAS DE REFLEXIÓN

ALGUNAS PREGUNTAS PARA REFLEXIONAR...

- ¿Cuál es el efecto de la alternancia de los puntos de vista de los dos hermanos?

- En la novela, el *Hermano mayor* dice: "¿Cómo puedes encontrar el camino de vuelta si no sabes de dónde vienes?" (p. 72). Comente esta frase en el contexto de la novela.

- Aparte de ser hermanos, ¿qué tipo de relación tienen el Hermano Mayor y el Hermano Menor? Explique cómo cambian en el transcurso de la novela y por qué.

- ¿Qué temas se tratan en esta novela? Explique cómo hacen que esta novela sea muy actual.

- ¿Cree que la noción de religión es importante en la novela?

- ¿Cuáles son las opiniones de los distintos personajes sobre la religión?

- A lo largo de la historia, el autor utiliza una mezcla de argot y árabe. Encuentre algunos ejemplos. Explique por qué es significativo en el contexto de la novela.

- ¿Cómo destaca esta novela la uberización de la sociedad?

PARA IR MÁS LEJOS

EDICIÓN DE REFERENCIA

GUVEN M., *Hermano mayor*, París, Éditions Philippe Rey, 2017.

ESTUDIOS COMPARATIVOS

MARCU I. M., "The writing of 'outsider' authors. En la periferia de la norma", en *Carnets* (en línea), Segunda serie – 7, 2016, https://journals.openedition.org/carnets/961.

DELAS D., « Les parlers jeunes dans deux romans littéraires » en Cairn (en línea), 2003, https://www.cairn.info/revue-le-francais-aujourd-hui-2003-4-page-89.htm.

¡Su opinión nos interesa!
¡Deje un comentario en la pagina web de su librería en línea,
y comparta sus favoritos en las redes sociales!

Muchas más guías para descubrir tu pasión por la literatura

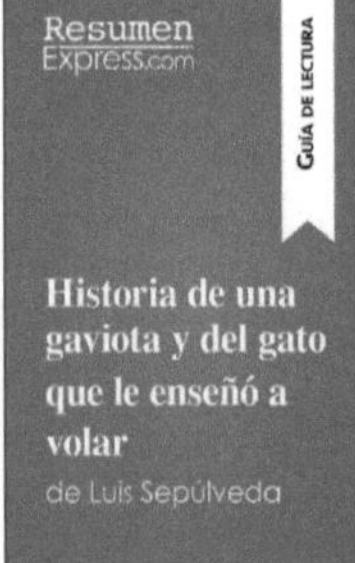

www.ResumenExpress.com

www.resumenexpress.com

ISBN ebook: 9782808687300
ISBN papel: 9782808698702
Depósito legal: D/2023/12603/1150

Cubierta: © Primento
Libro realizado por Primento, el socio digital de los editores